671

LE POËME

DE FONTENOY,

Derniere Edition, conforme a celle du Louvre, augmentée de beaucoup de Vers dans le Poëme, & de plusieurs additions instructives dans les Notes.

Avec l'Epître Dédicatoire au Roy, & le Discours préliminaire fort augmenté.

A LYON,

De l'Imprimerie d'Aymé Delaroche, seul Imprimeur ordinaire de Monseigneur le Duc de Villeroy, de la Ville & du Gouvernement.

M. DCC. XLV.

Avec Approbation & Permission.

L'IMPRIMEUR AU LECTEUR.

MA ſixième Edition du Poëme de la BATAILLE DE FONTENOY étant épuiſée, j'ai cru que malgré les Editions nombreuſes qui ſe ſont faites en Province, cette dernière, augmentée de beaucoup de Vers, & revûe avec ſoin par l'Auteur, feroit plaiſir au Public. On trouvera beaucoup d'additions dans le Diſcours préliminaire & dans les Notes, relatives à ce grand Evenement : Le Poëme & le Diſcours ſont entièrement conformes à l'Edition que SA MAJESTE' en a fait faire au Louvre.

AU ROY,

 *IRE,*

Je n'avois osé dédier à VOTRE MAJESTÉ *les premiers essais de cet Ouvrage. Je craignois sur tout de déplaire au plus modeste des Vainqueurs ; Mais,* SIRE, *ce n'est point ici un Panégyrique, c'est une peinture fidéle d'une partie de la Journée la plus glorieuse depuis la Bataille de Bovines.*

Ce font les fentimens de la France, quoiqu'à peine exprimés; c'eft un Poëme fans exagération, & de grandes vérités fans mélange de fiction, ni de flaterie. Le nom de VOTRE MAJESTE' fera paffer cette faible efquiffe à la pofterité, comme un monument autentique de tant de belles actions, faites en votre préfence, à l'exemple des vôtres.

Daignez, SIRE, ajoûter à la bonté que VOTRE MAJESTE' a eue de permettre cet hommage, celle d'agréer les profonds refpects d'un de vos moindres Sujets, & du plus zélé de vos Admirateurs.

VOLTAIRE.

DISCOURS PRÉLIMINAIRE.

LE Public fait que cet Ouvrage, compofé d'abord avec la rapidité que le zèle infpire, reçut des accroiffemens à chaque Edition qu'on en faifoit. Toutes les circonftances de la Victoire de Fontenoy, qu'on apprenoit à Paris de jour en jour, méritoient d'être célébrées, & ce qui n'étoit d'abord qu'une Pièce de cent Vers, eft devenu un Poëme qui en contient plus de trois cent quarante; mais on y a gardé toujours le même ordre, qui confifte dans la Préparation, dans l'Action, & dans ce qui la termine. On n'a fait même que mettre cet ordre dans un plus grand jour, en traçant dans cette Edition, le portrait des Nations dont étoit compofée l'Armée ennemie, & en fpécifiant leurs trois attaques.

On a peint avec des traits vrais, mais non injurieux, les Nations dont LOUIS XV. a triomphé: par exemple, quand on dit des Hollandais, qu'ils avoient autrefois brifé le joug de l'*Autriche cruelle*, il eft clair que c'eft de l'Autriche, *alors cruelle envers eux*, que l'on parle: car affurément elle ne l'eft pas aujourd'hui pour les Etats Généraux; & d'ailleurs, la Reine de Hongrie qui ajoute tant à la gloire de la Maifon d'Autriche, fait combien les Français refpectent fa Perfonne & fes vertus, en étant forcés de la combattre.

Quand on a dit des Anglois, *Et la Férocité le cède à la Vertu*, on a eu foin d'avertir en notes dans toutes les Editions, que ce reproche de férocité ne tomboit que fur le Soldat.

En effet, il eft très-véritable que lorfque la colomne Anglaife déborda Fontenoy, plufieurs Soldats de cette Nation crièrent : *No quarter, point de quartier*. On fait encore, que quand M. de Sechelles feconda les intentions du Roi, avec une prévoyance fi fingulière, & qu'il fit préparer autant de fecours pour les Prifonniers ennemis bleffés, que pour nos Troupes; quelques Fantaffins Anglais s'acharnèrent encore contre nos Soldats, dans les chariots même où l'on tranfportoit les vainqueurs & les vaincus bleffés.

Les Officiers, qui ont par-tout, à peu près, la même éducation dans toute l'Europe, ont aussi la même générosité ; mais il y a des Pays où le Peuple, abandonné à lui-même, est plus farouche qu'ailleurs. On n'en a pas moins loué la valeur & la conduite de cette Nation ; & sur-tout, on n'a cité le nom de M. le Duc de Cumberland qu'avec l'éloge que sa magnanimité doit attendre de tout le monde.

Quelques Etrangers ont voulu persuader au Public, que l'illustre Adisson, dans son Poëme de la Campagne de Hoshted, avoit parlé plus honorablement de la Maison du Roi, que l'Auteur même du Poëme de Fontenoy. Ce reproche a été cause qu'on a cherché l'Ouvrage de M. Adisson à la Bibliothéque de Sa Majesté, & on a été bien surpris d'y trouver beaucoup plus d'injures que de louanges ; c'est vers le trois centième Vers. On ne les répétera point, & il est bien inutile d'y répondre ; la Maison du Roi leur a répondu par des victoires. On est très-éloigné de refuser à un grand Poëte, & à un Philosophe très-éclairé, tel que M. Adisson, les éloges qu'il mérite ; mais il en mériteroit davantage, & il auroit plus honoré la Philosophie & la Poësie, s'il avoit plus ménagé dans son Poëme, des Têtes couronnées, qu'un ennemi même doit toujours respecter, & s'il avoit songé que les louanges données aux vaincus, sont un laurier de plus pour les vainqueurs : il est à croire que quand M. Adisson fut Sécrétaire d'Etat, le Ministre se repentit de ces indécences échapées à l'Auteur.

Si l'Ouvrage Anglais est trop rempli de fiel, celui-ci respire l'humanité. On a songé, en célébrant une Bataille, à inspirer des sentimens de bienfaisance. Malheur à celui qui ne pourroit se plaire qu'aux peintures de la destruction, & aux images des malheurs des hommes.

Les Peuples de l'Europe ont des principes d'humanité qui ne se trouvent point dans les autres parties du Monde ; ils sont plus liés entr'eux, ils ont des Loix qui leur sont communes ; toutes les Maisons des Souverains sont alliées ; leurs Sujets voyagent continuellement, & entretiennent une liaison réciproque. Les Européens chrétiens sont ce qu'étoient les Grecs; ils se font la guerre entr'eux; mais ils conservent dans ces dissentions, d'ordinaire, tant de bienséance & de politesse, que souvent un Français, un Anglais, un Allemand qui se rencontrent, paroissent être nés dans la même Ville. Il est vrai que les Lacédémoniens & les Thébains étoient moins polis que le peuple d'Athènes; mais enfin, toutes les Nations de la Grèce se regardoient comme des Alliées, qui ne se faisoient la guerre que dans l'espérance certaine de la paix : ils insultoient rarement à des ennemis, qui dans peu d'années devoient être leurs amis. C'est sur ce principe qu'on a tâché que cet Ouvrage fût un monument de la gloire du Roi, & non de la honte des Nations dont il triomphe : on seroit fâché d'avoir écrit contre elles avec autant d'aigreur que quelques Français en ont mis dans leurs Satyres contre cet Ouvrage d'un de leurs Compatriotes; mais la jalousie d'Auteur à Auteur, est beaucoup plus grande, que celle de Nation à Nation.

On a dit des Suisses, qu'ils sont *nos antiques amis & nos concitoyens*, parce qu'ils le sont depuis deux cens cinquante ans. On a dit que les Etrangers qui servent dans nos armées, ont suivi l'exemple de la Maison du Roi & de nos autres Troupes; parce qu'en effet, c'est toujours à la Nation qui combat pour son Prince, à donner cet exemple, & que jamais cet exemple n'a été mieux donné.

On n'ôtera jamais à la Nation Française, la gloire de la valeur & de la politesse. On a osé imprimer, que ce Vers

> *Je vois cet Etranger, qu'on croit né parmi nous,*

étoit un compliment à un Général né en Saxe, *d'avoir l'air Français*. Il est bien question ici d'air & de bonne grace ! Quel est l'homme qui ne voit évidemment que ce Vers signifie que ce Général est aussi attaché au Roi, que s'il étoit né son Sujet ?

Cette Critique est aussi judicieuse que celle de quelques personnes, qui prétendirent qu'il n'étoit pas *honnête* de dire que ce Général étoit dangeureusement malade, lorsqu'en effet, son courage lui fit oublier l'état douloureux où il étoit réduit, & le fit triompher de la faibleſſe de ſon corps, ainſi que des ennemis du Roi.

Voilà tout ce que la bienſéance en général permet qu'on réponde à ceux qui en ont manqué.

L'Auteur n'a eu d'autre vûe, que de rendre fidélement ce qui étoit venu à ſa connaiſſance, & ſon ſeul regret eſt de n'avoir pû, dans un ſi court eſpace de tems, & dans une Pièce de ſi peu d'étendue, célébrer toutes les belles actions dont il a depuis entendu parler; il ne pouvoit dire tout; mais au moins ce qu'il a dit eſt vrai; la moindre flaterie eût deshonoré un Ouvrage fondé ſur la gloire du Roi & ſur celle de la Nation. Le plaiſir de dire la vérité l'occupoit ſi entièrement, que ce ne fut qu'après ſix éditions qu'il envoya ſon Ouvrage à la plûpart de ceux qui y ſont célébrés.

Tous ceux qui ſont nommés, n'ont pas eu les occaſions de ſe ſignaler également. Celui qui, à la tête de ſon Régiment, attendoit l'ordre de marcher, n'a pû rendre le même ſervice qu'un Lieutenant-Général, qui étoit à portée de conſeiller de fondre ſur la colomne Angoiſe, & qui partit pour la charger avec la Maiſon du Roi. Mais ſi la grande action de l'un mérite d'être rapportée, le courage impatient de l'autre ne doit pas être oublié. Tel eſt loué en général ſur ſa valeur, tel autre ſur un ſervice rendu; on a parlé des bleſſures des uns, on a déploré la mort des autres.

Ce fut une juſtice que rendit le célébre M. Deſpreaux à ceux qui avoient été de l'expédition du Paſſage du Rhin. Il cite près de vingt noms, il y en a ici plus de ſoixante; & on en trouveroit quatre fois davantage, ſi la nature de l'Ouvrage le comportoit.

Il ſeroit bien étrange qu'il eût été permis à Homère, à Virgile, au Taſſe, de décrire les bleſſures de mille Guerriers imaginaires, & qu'il ne le fut pas de parler des Héros véritables qui viennent de prodiguer leur ſang, & parmi leſquels il y en a pluſieurs avec qui l'Auteur avoit eu l'honneur de vivre, & qui lui ont laiſſé de ſincères regrets.

L'attention ſcrupuleuſe, qu'on a apportée dans cette édition, doit ſervir de garant de tous les faits qui ſon

énoncés

énoncés dans le Poëme. Il n'en eft aucun qui ne doive être cher à la Nation, & à toutes les Familles qu'ils regardent. En effet, qui n'eft touché fenfiblement en lifant le nom de fon fils, de fon frère, d'un parent cher, d'un ami tué ou bleffé, ou expofé dans cette Bataille qui fera célébre à jamais; en lifant, dis-je, ce nom dans un Ouvrage, qui tout faible qu'il eft, a été honoré plus d'une fois des regards du Monarque, & que Sa Majefté n'a permis qu'il lui fût dédié, que parce qu'elle a oublié fon éloge en faveur de celui des Officiers qui ont combattu & vaincu fous fes ordres.

C'eft donc moins en Poëte, qu'en bon Citoyen qu'on a travaillé. On n'a point cru devoir orner ce Poëme de longues fictions, furtout dans la première chaleur du Public, & dans un tems où l'Europe n'étoit occupée que des détails intéreſſans de cette Victoire importante, achetée par tant de fang.

La fiction peut orner un fujet ou moins grand, ou moins intéreſſant, ou, qui placé plus loin de nous, laiſſe l'efprit plus tranquille. Ainfi, lorfque Defpreaux s'égaya dans fa defcription du Paſſage du Rhin, c'étoit trois mois après l'action; & cette action, toute brillante qu'elle fut, n'eft à comparer ni pour l'importance, ni pour le danger, à une Bataille rangée, gagnée fur un Ennemi habile, intrépide, & fupérieur en nombre, par un Roi expofé, ainfi que fon Fils, pendant quatre heures au feu de l'artillerie.

Ce n'eft qu'après s'être laiſſé emporter aux premiers mouvemens de zèle, après s'être attaché uniquement à louer ceux qui ont fi bien fervi la Patrie dans ce grand jour, qu'on s'eft permis d'inférer dans le Poëme, un peu de ces fictions qui affaibliroient un tel fujet fi on vouloit les prodiguer; & on ne dit ici en Profe, que ce que M. Adiſſon lui-même a dit en Vers, dans fon fameux Poëme de la Campagne d'Hoshted.

On peut, deux mille ans après la guerre de Troye, faire apporter par Vénus à Enée des Armes que Vulcain a forgées, & qui rendent ce Héros invulnérable; on peut lui faire rendre fon Epée par une Divinité, pour la plonger dans le fein de fon ennemi. Tout le Confeil des Dieux peut s'affembler, tout l'Enfer peut fe déchaîner; Alecton peut enyvrer tous les efprits des venins de fa rage: mais ni notre Siècle, ni un Evenement fi récent, ni un Ouvrage fi court, ne permettent guères ces peintures devenues les lieux communs de la Poëfie. Il faut pardonner à un Citoyen pénétré, de faire parler fon cœur plus que fon imagination, & l'Auteur avoue qu'il s'eft plus attendri, en difant :

> Tu meurs, jeune Craon ; que le Ciel moins févère
> Veille fur les deftins de ton généreux frère !

que s'il avoit évoqué les Euménides, pour faire ôter la vie à un jeune Guerrier aimable.

Il faut des Divinités dans un Poëme épique, & furtout quand il s'agit de Héros fabuleux. Mais ici le vrai Jupiter, le vrai Mars, c'eft un Roi tranquille dans le plus grand danger, & qui hazarde fa vie pour un Peuple dont il eft le Père. C'eft lui, c'eft fon Fils, ce font ceux qui ont vaincu fous lui, & non Junon & Juturne qu'on a voulu, & qu'on a dû peindre. D'ailleurs, le petit nombre de ceux qui connoiffent notre Poëfie, favent qu'il eft bien plus aifé d'intéreffer le Ciel, les Enfers & la Terre à une Bataille, que de faire reconnaître & de diftinguer, par des images propres & fenfibles, des Carabiniers qui ont de gros fufils rayés, des Grenadiers, des Dragons qui combattent à pied & à cheval, de parler de retranchemens faits à la hâte, d'ennemis qui s'avancent en colomne; d'exprimer enfin ce qu'on n'a guères dit encore en Vers.

C'étoit ce que penfoit M. Adiffon, bon Poëte & Critique judicieux. Il employa dans fon Poëme, qui a immortalifé la Campagne d'Hoshted, beaucoup moins de fictions qu'on ne s'en eft permis dans le Poëme de Fontenoy. Il favoit que le Duc de Malbouroug & le Prince Eugêne fe feroient très-peu fouciés de voir des Dieux, où il étoit queftion des grandes actions des hommes. Il favoit qu'on rélève par l'invention les exploits de l'antiquité, & qu'on court rifque d'affaiblir ceux des modernes par de froides allégories: il a fait mieux, il a intéreffé l'Europe entière à fon action.

Il en est à peu près de ces petits Poëmes de trois cens ou de quatre cens Vers sur les affaires présentes, comme d'une Tragédie; le fond doit être intéressant par lui-même, & les ornemens étrangers font presque toujours superflus.

On a dû spécifier les différens Corps qui ont combattu, leurs armes, leur position, l'endroit où ils ont attaqué; dire que la colomne Anglaise a pénétré; exprimer comment elle a été enfoncée par la Maison du Roi, les Carabiniers, la Gendarmerie, le Régiment de Normandie, les Irlandais, &c. Si on n'étoit pas entré dans ces détails, dont le fond est si héroïque, & qui font cependant si difficiles à rendre, rien ne distingueroit la Bataille de Fontenoy d'avec celle de Tolbiac. M. Despreaux dans le Passage du Rhin, a dit:

> Revel les suit de près; sous ce Chef redouté,
> Marche des Cuirassiers l'Escadron indompté.

On a peint ici les Carabiniers au lieu de les appeller par leur nom, qui convient encore moins aux Vers que celui de Cuirassiers. On a même mieux aimé, dans cette dernière édition, caractériser les fonctions de l'Etat-Major, que de mettre en Vers les noms des Officiers de ce Corps qui ont été blessés.

Cependant on a osé appeller *la Maison du Roi* par son nom, sans se servir d'aucune autre image. Ce nom de *Maison du Roi*, qui contient tant de Corps invincibles, imprime une assez grande idée, sans qu'il soit besoin d'autre figure. M. Adisson même ne l'appelle pas autrement. Mais il y a encore une autre raison de l'avoir nommée, c'est la rapidité de l'action.

> Vous, peuple de Héros, dont la foule s'avance,
> Louis, son Fils, l'Etat, l'Europe est en vos mains.
> Maison du Roi, marchez, &c.

Si on avoit dit, *la Maison du Roi marche*, cette expression eût été prosaïque & languissante.

On n'a pas voulu s'écarter un moment, dans cet Ouvrage, de la gravité du sujet. Despreaux, il est vrai, en traitant le Paſſage du Rhin dans le goût de quelques-unes de ſes Epîtres, a joint le plaiſant à l'héroïque; car après avoir dit :

> Un bruit s'épand qu'Enguien & Condé ſont paſſés,
> Condé, dont le ſeul nom fait tomber les murailles,
> Force les Eſcadrons, & gagne les Batailles,
> Enguien, de ſon hymen le ſeul & digne fruit, &c.

Il s'exprime enſuite ainſi :

> Bien tôt .... Mais Vurts s'oppoſe à l'ardeur qui m'anime,
> Finiſſons; il eſt tems, auſſi-bien, ſi la rime
> Alloit, mal-à-propos, m'engager dans Arneim,
> Je n'en ſai, pour ſortir, de porte qu'Hildesheim.

Les perſonnes qui ont parû ſouhaiter qu'on employât dans le récit de la Victoire de Fontenoy quelques traits de ce ſtyle familier de Boileau, n'ont pas, ce me ſemble, aſſez diſtingué les lieux & les tems, & n'ont pas fait la différence qu'il faut faire entre une Epître & un Ouvrage d'un ton plus ſérieux & plus ſévère; ce qui a de la grace dans le genre épiſtolaire, n'en auroit point dans le genre héroïque.

On n'en dira pas davantage ſur ce qui regarde l'art & le goût, à la tête d'un Ouvrage, où il s'agit des plus grands intérêts, & qui ne doit remplir l'eſprit que de la gloire du Roi, & du bonheur de la Patrie.

LE POËME

DE

FONTENOY.

Quoi! du siècle passé le fameux Satyrique
Aura fait retentir la trompette héroïque,
Aura chanté du Rhin les bords ensanglantés,
Ses défenseurs mourans, ses flots épouvantés,
Son Dieu même en fureur effrayé du passage,
Cédant à nos ayeux son onde & son rivage?
Et vous, quand votre Roi, dans des Plaines de sang,
Voit la mort devant lui voler de rang en rang;
Tandis que de Tournay foudroyant les murailles,
10 Il suspend les assauts pour courir aux Batailles,
Quand des bras de l'hymen s'élançant au trépas,
Son Fils, son digne Fils suit de si près ses pas;
Vous, heureux par ses loix, & grands par sa vaillance,
Français, vous garderiez un indigne silence?

Venez le contempler aux Champs de Fontenoy.
O vous, Gloire, Vertu, Déesses de mon Roy,
Redoutable Bellone & Minerve chérie,
Passion des grands cœurs, amour de la Patrie,
Pour couronner LOUIS prêtez-moi vos lauriers,
20 Enflâmez mon esprit du feu de nos Guerriers;
Peignez de leurs exploits une éternelle image:
Vous m'avez transporté sur ce sanglant rivage;
J'y vois ces Combattans que vous conduisez tous;

C'eſt-là ce fier Saxon ¹ qu'on croit né parmi nous,
Maurice, qui touchant à l'infernale rive,
Rappelle pour ſon Roi ſon ame fugitive,
Et qui demande à Mars, dont il a la valeur,
De vivre encore un jour & d'expirer vainqueur.
Conſervez, juſtes Cieux, ſes hautes deſtinées;
30 Pour LOUIS & pour Nous prolongez ſes années.

DEJA de la tranchée ² Harcourt eſt accouru:
Tout poſte eſt aſſigné, tout danger eſt prévu;
Noailles ³ pour ſon Roi plein d'une amour fidelle,
Voit la France en ſon Maître & ne regarde qu'elle.
Ce ſang de tant de Rois, ce ſang du grand Condé,
D'Eu, ⁴ par qui des Français le Tonnerre eſt guidé;
Pentiévre, ⁵ dont le zèle avoit devancé l'âge,
Qui déja vers le Mein ſignala ſon courage,
Bavière avec de Pons, Bouflers & Luxembourg,
40 Vont, chacun dans leur place, attendre ce grand jour:
Chacun porte la joie aux Guerriers qu'il commande.
Le Fortuné Danoy, ⁶ Chabannes, Galerande,
Le vaillant Berenger, ce défenſeur du Rhin,

1. Le Comte Maréchal de Saxe, dangereuſement malade, étoit porté dans une gondole d'oſier, quand ſes douleurs & ſa faibleſſe l'empêchoient de ſe tenir à cheval. Il dit au Roi, qui l'embraſſa, après le gain de la Bataille, les mêmes choſes qu'on lui fait penſer ici.

2. M. le Duc d'Harcourt avoit inveſti Tournay.

3. Maréchal de France.

4. Grand Maître de l'Artillerie.

5. Il s'étoit ſignalé à la Bataille de Dettingue.

6. M. de Danoy fut retiré par ſa Nourrice d'une foule de morts & de mourans ſur le champ de Malplaquet, deux jours après la Bataille. C'eſt un fait certain: cette femme vint avec un Paſſeport, accompagné d'un Sergent du Régiment du Roi, dans lequel étoit alors cet Officier.

Colbert & du Chaila, tous nos Héros enfin,[7]
Dans l'horreur de la nuit, dans celle du silence,
Demandent seulement que le péril commence.

LOUIS, avec le jour, voit briller dans les airs
Les Drapeaux menaçans de vingt Peuples divers;
Le Belge, qui, jadis fortuné sous nos Princes,
50 Vit l'abondance alors enrichir nos Provinces :
Le Batave prudent, dans l'Inde respecté,
Puissant par son travail & par sa liberté,
Qui, long-tems opprimé par l'Autriche cruelle,
Ayant brisé son joug, s'arme aujourd'hui pour elle;
L'Hanovrien constant, qui formé pour servir,
Sait souffrir & combattre, & sur tout obéïr;
L'Autrichien rempli de sa gloire passée,
De ses derniers Césars occupant sa pensée;
Sur tout, ce Peuple altier qui voit sur tant de Mers
60 Son commerce & sa gloire embrasser l'Univers,
Mais qui, jaloux en vain des grandeurs de la France,
Croit porter dans ses mains la foudre & la balance.
Tous marchent contre nous: la Valeur les conduit,
La Haine les anime, & l'Espoir les séduit.
De l'Empire Français l'indomptable Génie
Brave, auprès de son Roi, leur foule réunie.
Des montagnes, des bois, des fleuves d'alentour,
Tous les Dieux allarmés sortent de leur séjour;
La Fortune s'enfuit, & voit avec colère,
70 Que sans elle aujourd'hui la Valeur va tout faire.
Le brave Cumberland, fier d'attaquer LOUIS,

7. Les Lieutenans Généraux chacun à leur Division.

A déja difpofé fes Bataillons hardis :
Tels ne parurent point aux rives du Scamandre,
Sous ces murs fi vantés que Pyrrus mit en cendre,
Ces antiques Héros qui montés fur un char,
Combattoient en défordre, & marchoient au hazard :
Mais tel fut Scipion fous les murs de Cartage;
Tels fon rival & lui prudens avec courage,
Déployant de leur art les terribles fecrets,
80 L'un vers l'autre avancés s'admiroient de plus près.

L'Escaut, les Ennemis, les remparts de la Ville,
Tout préfente la mort, & LOUIS eft tranquille.
Cent tonnerres de bronze ont donné le fignal.
D'un pas ferme & preffé, d'un front toujours égal,
S'avance vers nos rangs la profonde colonne
Que la terreur devance, & la flamme environne :
Comme un nuage épais qui fur l'aîle des vents,
Porte l'éclair, la foudre, & la mort dans fes flancs.
Les voilà ces rivaux du grand nom de mon Maître,
90 Plus farouches que nous, & auffi vaillans peut-être,
Encor tous orgueilleux de leurs premiers exploits;
Bourbons ! voici le tems de venger les Valois.

Dans un ordre effrayant, trois attaques formées
Sur trois terreins divers engagent les Armées;
Le Français, dont Maurice a gouverné l'ardeur,
A fon pofte attaché, joint l'art à la valeur.
La Mort fur les deux Camps étend fa main cruelle;
Tous fes traits font lancés, le fang coule au tour
     d'elle.
Chefs, Officiers, Soldats, l'un fur l'autre entaffés,

100 Sous le fer expirans, par le plomb renverfés,
   Pouffent les derniers cris en demandant vengeance,

   GRAMMONT que fignaloit fa noble impatience,
   Grammont dans l'Elifée emporte la douleur
   D'ignorer en mourant fi fon Maître eft vainqueur,
   De quoi lui ferviront ces grands titres de ⁸ gloire,
   Ce Sceptre des Guerriers, honneur de fa mémoire ?
   Ce rang, ces dignités, vanités des Héros,
   Que la Mort, avec eux, précipite aux tombaux ?
   Tu meurs, jeune Craon ! ⁹ Que le Ciel moins févère
110 Veille fur les deftins de ton généreux frère !
   Hélas ! cher Longaunay, ¹⁰ quelle main, quel fécours
   Peut arrêter ton fang, & ranimer tes jours ?
   Ces Miniftres de Mars, ¹¹ qui d'un vol fi rapide,
   S'élançoient à la voix de leur Chef intrépide,
   Sont, du plomb qui les fuit, dans leur courfe arrêtés,
   Tels que des champs de l'air tombent précipités,
   Des Oifeaux tout fanglans palpitans fur la terre,
   Le fer atteint d'Avray¹². Le jeune Daubetere
   Voit de fa Légion tous les Chefs indomptés,
120 Sous le glaive & le feu mourans à fes côtés.
   Guerriers, que Chabrillant avec Brancas rallie,
   Que d'Anglais immolés vont payer votre vie !
   Je te rends grace, ô Mars ! Dieu de fang, Dieu cruel,

8. Il alloit être Maréchal de France.
9. Dix-neuf Officiers du Régiment de Hainault ont été tués ou
bleffés. Son frère le Prince de Beauvau, fert en Italie.
10. M. de Longaunay, Colonel de nouveaux Grénadiers, mort
depuis de fes bleffures.
11. Officiers de l'Etat-Major. Mrs. de Puifegur, de Meziere, de
S. Sauveur, de S. George.
12. Le Duc d'Avray, Colonel du Régiment de la Couronne.

La race de Colbert, [13] ce Miniſtre immortel,
Echape en ce carnage à ta main ſanguinaire,
Guerchy [14] n'eſt point frapé, la vertu peut te plaire ;
Mais vous brave [15] Daché, quel ſera vôtre ſort ?
Le Ciel ſauve, à ſon gré, donne & ſuſpend la mort.
Infortuné Lutteaux ! tout chargé de bleſſures,
130 L'art qui veille à ta vie, ajoute à tes tortures ;
Tu meurs dans les tourmens ; nos cris mal entendus
Te demandent au Ciel, & déja tu n'es plus.

O combien de vertus que la tombe dévore !
Combien de jours brillans éclipſés à l'aurore !
Que nos lauriers ſanglans doivent coûter de pleurs !
Ils tombent ces Héros, ils tombent ces vengeurs,
Ils meurent, & nos jours ſont heureux & tranquilles ;
La molle volupté, le luxe de nos Villes,
Flent ces jours ſéreins, ces jours que nous devons
140 Au ſang de nos Guerriers, aux périls des BOURBONS.
Couvrons du moins de fleurs ces tombes glorieuſes,
Arrachons à l'oubli ces ombres vertueuſes ;
Vous [16] qui lanciez la foudre, & qu'ont frapé ſes
　　　coups,
Revivez dans nos chants quand vous mourez pour
　　　nous.

---

13. M. de Croiſſy avec ſes deux enfans, & ſon Neveu M. Dupleſſis-Châtillon bleſſé légèrement.

14. Tous les Officiers de ſon Régiment Royal des Vaiſſeaux, hors de combat, lui ſeul ne fut point bleſſé.

15. M. Daché [on l'écrit Dapchier] Lieutenant Général. M. de Lutteaux, Lieutenant Général, mort dans les opérations du traitement de ſes bleſſures.

16. M. Du Brocard, Maréchal de Camp, Commandant l'Artillerie.

Eh quel seroit, grand Dieu! le Citoyen barbare,
Prodigue de censure, & de louange avare,
Qui peu touché des morts, & jaloux des vivans,
Leur pourroit envier mes pleurs & mon encens?
Ah! s'il est parmi nous des cœurs dont l'indolence,
150 Insensible aux grandeurs, aux pertes de la France,
Dédaigne de m'entendre & de m'encourager,
Reveillez-vous, ingrats; LOUIS est en danger.

Le feu qui se déploye & qui dans son passage,
S'anime en dévorant l'aliment de sa rage,
Les torrens débordés dans l'horreur des hyvers;
Le flux impétueux des menaçantes Mers,
Ont un cours moins rapide, ont moins de violence
Que l'épais Bataillon qui contre nous s'avance;
Qui triomphe en marchant; qui, le fer à la main,
160 A travers les mourans s'ouvre un large chemin.
Rien n'a pû l'arrêter; Mars pour lui se déclare.
Le Roi voit le malheur, le brave & le répare.
Son Fils, son seul espoir . . . . Ah! cher Prince,
    arrêtez,
Où portez-vous ainsi vos pas précipités?
Conservez cette vie au monde nécessaire.
LOUIS craint pour son Fils, [17] le Fils craint pour
    son Père;
Nos Guerriers tous sanglans frémissent pour tous deux,
Seul mouvement d'effroy dans ces cœurs généreux.

17. Un boulet de canon couvrit de terre un homme entre le
Roi & Monseigneur le Dauphin; & un domestique de M. le Comte
d'Argenson fut atteint d'une balle de fusil derrière eux.

Vous, [18] qui gardez mon Roi, vous, qui vengez la
    France,
170 Vous, peuple de Héros dont la foule s'avance,
    Accourez, c'eſt à vous de fixer les deſteins ;
    LOUIS, ſon Fils, l'Etat, l'Europe eſt en vos mains.
    Maiſon du Roi ! marchez, aſſurez la victoire ;
    Soubiſe & Peiquigny [19] vous mènent à la gloire.
    Paroiſſez, vieux Soldats ; [20] dont les bras éprouvés
    Lancent de loin la mort, que de près vous bravez.
    Venez, vaillante élite, honneur de nos Armées ;
    Partez, fléches de feu, grenades [21] enflammées ;
    Phalanges de LOUIS, écraſez ſous vos coups
180 Ces Combattans ſi fiers & ſi dignes de vous.
    Richelieu, qu'en tous lieux, emporte ſon courage,
    Ardent, mais éclairé, vif à la fois & ſage,
    Favori de l'Amour, de Minerve & de Mars,
    Richelieu [22] vous appelle, il n'eſt plus de hazards ;
    Il vous appelle : Il voit d'un œil prudent & ferme,
    Des ſuccès ennemis, & la cauſe & le terme ;

18. Les Gardes, les Gendarmes, les Chevaux-Légers, les Mouſ-
quetaires, ſous M. de Monteſſoh, Lieutenant Général. Deux Bataillons des Gardes Françaiſes & Suiſſes, &c.

19. M. le Prince de Soubiſe prit ſur lui de ſéconder M. le Comte
de la Marke, dans la défenſe obſtinée du poſte d'Antoin ; il alla enſuite ſe mettre à la tête des Gendarmes, comme M. de Peiquigny
à la tête des Chevaux-Légers, ce qui contribua beaucoup au gain de
la Bataille.

20. Carabiniers, Corps inſtitué par Louis XIV, il tire avec des
Carabines rayées. On ſçait avec quel éloge le Roy les a nommés
dans ſa Lettre.

21. Grenadiers à cheval commandés par M. le Chevalier de Grille ;
ils marchent à la tête de la Maiſon du Roi.

22. Un Miniſtre d'Etat qui n'a point quitté le Roi pendant la Bataille, a écrit ces propres mots : *C'eſt M. de Richelieu qui a donné
ce conſeil, & qui l'a exécuté.*

Il vole, & fa vertu fécondant vos grands cœurs,
Il vous marque la place où vous ferez vainqueurs.

D'un rempart de gazon, foible & prompte barrière,
190 Que l'art oppofe à peine à la fureur guerrière,
La Marke[23] Lavauguion,[24] Choifeuil d'un même effort,
Arrêtent une Armée & repouffent la mort.
Dargenfon qu'enflammoient les regards de fon Père,
La gloire de l'Etat, à tous les fiens fi chère,
Le danger de fon Roi, le fang de fes ayeux,
Affaillit par trois fois ce Corps audacieux,
Cette maffe de feu qui femble impénétrable :
On l'arrête, il revient, ardent, infatigable :
Ainfi qu'aux premiers tems, par leurs coups redoublés,
200 Les Béliers enfonçoient les remparts ébranlés.

Ce brillant Efcadron,[25] fameux par cent Batailles ;
Lui, par qui Catinat fut vainqueur à Marfailles,
Arrive, voit, combat, & foutient fon grand nom.
Tu fuis du Chaftellet, jeune Caftelmoron ;[26]
Toy, qui touches encore à l'âge de l'enfance ;
Toy, qui d'un faible bras qu'affermit ta vaillance,

---

23. M. le Comte de la Marke, au pofte d'Antoin.

24. Mrs. de Lavauguyon, Choifeul-Meufe, &c. aux Rétranche-mens faits à la hâte dans le Village de Fontenoy. M. de Crequy n'étoit point à ce pofte, comme on l'avoit dit d'abord, mais à la tête des Carabiniers.

25. Quatre Efcadrons de la Gendarmerie arrivoient après fept heures de marche, & attaquèrent.

26. Un Cheval fougueux avoit emporté le Porte-Etendart dans la Colomne Angloife ; M. de Caftelmoron, âgé de 15. ans, lui cinquié-me, alla le reprendre au milieu du Camp des Ennemis. M. de Bellet commandoit ces Efcadrons de la Gendarmerie ; il y eût un cheval tué fous lui, auffi-bien que M. de Chimènes, en reformant une Brigade.

Reprends ces Etendarts déchirés & fanglans,
. Que l'orgueilleux Anglais emportoit dans fes rangs;
C'eft dans ces rangs affreux que Chevrier expire;
210 Monaco perd fon fang, & l'Amour en foupire.
Anglais, fur Duguefclin deux fois tombent vos coups;
. Frémiffez à ce nom fi funefte pour vous.

: MAIS quel brillant Héros, au milieu du carnage,
Renverfé, relevé, s'eft ouvert un paffage?
Biron, [27] tels on voyoit dans les plaines d'Ivry,
Tes immortels Ayeux fuivre le Grand Henry.
Tel étoit ce Crillon, chargé d'honneurs fuprêmes,
Nommé brave autrefois par les braves eux-mêmes;
Tels étoient ces d'Aumonts, ces grands Montmorencis,
220 Ces Crequis fi vantés renaiffans dans leurs Fils. [28]
Tel fe forma Turenne au grand art de la Guerre,
Près d'un autre [29] Saxon la terreur de la terre,
Quand la Juftice & Mars, fous un autre LOUIS,
Frapoient l'Aigle d'Autriche & relevoient les Lys.

COMMENT ces Courtifans, doux, enjoués, aimables,
Sont-ils dans les combats des Lions indomptables?
Quel affemblage heureux de graces, de valeur!
Bouflers, Meuze, d'Ayen, Duras bouillant d'ardeur,
A la voix de LOUIS, courez, troupe intrépide.

---

27. M. le Duc de Biron eut le commandement de l'Infanterie quand M. de Lutteaux fut hors de combat; il chargea fucceffivement à la tête de prefque toutes les Brigades.

28. M. de Luxembourg, M. de Loigni, & M. de Tingri.

29. Le Duc de Saxe Weimar, fous qui le Vicomte de Turenne fit fes premières Campagnes. M. de Turenne eft arrière-neveu de ce grand Homme.

230 Que les Français sont grands quand leur Maître les
        guide !
    Ils l'aiment, ils vaincront, leur Père est avec eux,
    Son courage n'est point cet instinct furieux,
    Ce courroux emporté, cette valeur commune ;
    Maître de son esprit, il l'est de la Fortune ;
    Rien ne trouble ses sens, rien n'éblouit ses yeux :
    Il marche, il est semblable à ce Maître des Dieux,
    Qui, frapant les Titans, & tonnant sur leurs têtes,
    D'un front majestueux dirigeoit les tempêtes ;
    Il marche, & sous ses coups la terre au loin mugit,
240 L'Escaut fuit, la Mer gronde, & le Ciel s'obscurcit.

    SUR un nuage épais que des antres de l'Ourse
    Les vents affreux du Nord apportent dans leur course,
    Les Vainqueurs des Valois descendent en courroux :
    CUMBERLAND, disent-ils, nous n'espérons qu'en
        vous ;
    Courage, rassemblez vos Légions altières,
    Bataves, revenez, défendez vos barrières ;
    Anglais, vous que la Paix sembloit seule allarmer,
    Vengez-vous d'un Héros qui daigne encor l'aimer ;
    Ainsi que ses bienfaits craindrez-vous sa Vaillance ?
250 Mais ils parlent en vain ; lorsque LOUIS s'avance,
    Leur génie est dompté, l'Anglais est abatu,
    Et la férocité [30] le céde à la vertu.

---

30. Ce reproche de férocité ne tombe que sur le Soldat, & non sur les
Officiers, qui sont aussi généreux que les nôtres. On m'a écrit, que
lorsque la Colomne Anglaise déborda Fontenoy, plusieurs Soldats de
ce Corps crioient, *no quarter*, *no quarter*, point de quartier.

CLARE avec l'Irlandais , qu'animent nos
   exemples ,
Venge ses Rois trahis, sa Patrie & ses Temples.
Peuple sage & fidéle, heureux Helvétiens, [31]
Nos antiques amis, & nos Concitoyens,
Votre marche assurée, égale, inébranlable,
Des ardens Neustriens [32] suit la fougue indomptable;
Ce Danois, [33] ce Héros, qui des frimats du Nord,
260 Par le Dieu des combats fut conduit sur ce bord,
Admire les Français qu'il est venu défendre.
Mille cris redoublés près de lui font entendre :
Rendez-vous, ou mourez, tombez sous notre effort.
C'en est fait, & l'Anglais craint LOUIS & la mort.

ALLEZ, brave d'Estrée, [34] achevez cet ouvrage,
Enchaînez ces vaincus échapés au carnage :
Que du Roi qu'ils bravoient ils implorent l'appui,
Ils seront fiers encor, ils n'ont cédé [35] qu'à lui.

BIENTÔT vole après eux ce Corps fier & rapide, [36]
270 Qui semblable au Dragon qu'il eut jadis pour guide,

---

31. Les Régimens de Diesbak & de Betens, de Courten, &c. avec
des Bataillons des Gardes Suisses.

32. Le Régiment de Normandie, qui revenoit à la charge sur la
Colomne Anglaise, tandis que la Maison du Roi, la Gendarmerie,
les Carabiniers , &c. fondoient sur elle.

33. M. de Lowendal.

34. M. le Comte d'Estrée à la tête de sa Division, & M. de Brionne
à la tête de son Régiment, avoient enfoncé les Grenadiers Anglais le
sabre à la main.

35. Depuis S. Louis, aucun Roi de France n'avoit battu les Anglais
en personne en bataille rangée.

36. On envoya quelques Dragons à la poursuite : Ce Corps étoit
commandé par M. le Duc de Chevreuse, qui s'étoit distingué au com-

Toujours prêt, toujours prompt, de pied ferme, en
    courant,
Donne de deux combats le spectacle effrayant.
C'est ainsi que l'on voit dans les Champs des Numides,
Différemment armés des Chasseurs intrépides;
Les coursiers écumans franchissent les guérets,
On gravit sur les monts, on borde les forêts,
Les piéges sont dressés, on attend, on s'élance,
Le javelot fend l'air, & le plomb le devance;
Les Léopards sanglans, percés de coups divers,
280 D'affreux rugissemens font retentir les airs;
Dans le fond des forêts ils vont cacher leur rage.

Ah! c'est assez de sang, de meurtre, de ravage,
Sur des morts entassés c'est marcher trop long-tems.
Noailles, [37] ramenez vos Soldats triomphans;
Mars voit avec plaisir leurs mains victorieuses
Traîner dans notre Camp ces machines affreuses,
Ces foudres ennemis contre nous dirigés.
Venez lancer ces traits que leurs mains ont forgés;
Qu'ils renversent par vous les murs de cette Ville,
290 Du Batave indécis la Barrière & l'asile,
Ces premiers [38] fondemens de l'Empire des Lis,

---

bat de Sahy, où il avoit reçû trois blessures. L'opinion la plus vrai-
semblable sur l'origine du mot *Dragon*, est qu'ils portèrent un Dragon
dans leurs Etendarts sous le Maréchal de Brissac, qui institua ce Corps
dans les guerres du Piémont.

37. Le Comte de Noailles attaqua de son côté la Colomne d'Infanterie Anglaise avec une Brigade de Cavalerie, qui prit ensuite des
canons.

38. Tournay, principale Ville des Français sous la première Race,
dans laquelle on a trouvé le tombeau de Childeric.

D

Par les mains de mon Roi pour jamais affermis.
Déja Tournay se rend, déja Gand s'épouvante;
Charlesquint s'en émeut, son ombre gémissante
Pousse un cri dans les airs, & fuit de ce séjour,
Où pour vaincre autrefois le Ciel le mit au jour.
Il fuit : Mais quel objet pour cette ombre allarmée !
Il voit ces vastes champs couverts de notre Armée,
L'Anglais, deux fois vaincu, cédant de toutes parts,
300 Dans les mains de LOUIS laissant ses Etendarts;
Le Belge en vain caché dans ses Villes tremblantes,
Les murs de Gand tombés sous ses mains foudroyantes,
Et son Char de victoire, en ces vastes remparts, ³⁹
Ecrasant le berceau du plus grand des Césars. ⁴⁰

FRANÇAIS, heureux Français, peuple doux &
  terrible,
C'est peu qu'en vous guidant LOUIS soit invincible,
C'est peu que le front calme, & la mort dans les
  mains,
Il ait lancé la foudre avec des yeux serains;
C'est peu d'être vainqueur! il est modeste & tendre,
310 Il honore de pleurs le sang qu'il fit répandre;
Entouré des Héros qui suivirent ses pas,
Il prodigue l'éloge, & ne le reçoit pas;
Il veille sur des jours hazardés pour lui plaire:

---

39. La Ville de Gand soumise à Sa Majesté le 11. Juillet, après la
défaite d'un Corps d'Anglais par M. du Chaila, à la tête des Brigades
de Crillon & de Normandie, le Régiment de Graffin, &c.

40. Des Césars modernes.

Le Monarque est un Homme, & le Vainqueur un
     Père.
Ces captifs tout sanglans, portés par nos Soldats,
Par leur main triomphante arrachés au trépas,
Après ces jours de sang, d'horreur & de furie,
Ainsi qu'en leurs foyers au sein de leur Patrie,
Des plus tendres bienfaits éprouvent les douceurs;
320 Consolés, secourus, servis par leurs Vainqueurs.
O grandeur véritable! O victoire nouvelle!
Eh! Quel cœur enivré d'une haine cruelle,
Quel farouche Ennemi peut n'aimer pas mon Roi,
Et ne pas souhaiter d'être né sous sa Loi!
Il étendra son bras, il calmera l'Empire.

DÉJA Vienne se tait, déja Londre l'admire;
La Bavière confuse au bruit de ses exploits,
Gémit d'avoir quitté le Protecteur des Rois;
Naple est en sûreté, Turin dans les allarmes;
330 Tous les Rois de son sang triomphent par ses armes;
Et de l'Ebre à la Seine en tous lieux on entend:
LE PLUS AIMÉ DES ROIS EST AUSSI LE PLUS GRAND.
Ah! qu'on ajoute encore à ce titre suprême,
Ce nom si cher au monde, & si cher à lui-même,
Ce prix de ses vertus qui manque à sa valeur,
Ce titre auguste & saint de PACIFICATEUR;
Que de ces jours si beaux, de qui nos jours dépendent,
La course soit tranquille, & les bornes s'étendent.
Ramenez ce Héros, ô vous qui l'imitez,
340 Guerriers, qu'il vit combattre & vaincre à ses côtez:
Les palmes dans les mains nos Peuples vous attendent;

Nos cœurs volent vers vous, nos regards vous de-
　　mandent ;
Vos Mères, vos enfans, près de vous empreſſés,
Encor tout éperdus de vos périls paſſés,
Vont baigner, dans l'excès d'une ardente allegreſſe,
Vos fronts victorieux de larmes de tendreſſe :
Accourez, recevez à votre heureux retour,
Le prix de la Vertu par les mains de l'Amour.

FIN.

9 782019 709999